NOUVEAU PLAN

D'ADMINISTRATION

POUR

LA VILLE DE PARIS,

Par M........... Avocat.

1789.

AVERTISSEMENT.

DANS ce moment, où tout Citoyen est invité à donner ſes idées ſur l'Adminiſtration, j'ai cru qu'il m'étoit permis, comme aux autres, de donner l'eſquiſſe d'une nouvelle Adminiſtration pour la ville de Paris. La précipitation avec laquelle je me ſuis hâté de faire cette ébauche, ne me permet pas d'en avoir moi-même une idée bien avantageuſe ; cependant, comme ce Plan, tout mal digéré qu'il eſt, peut avoir quelque choſe de bon, & peut-être perfectionné par des mains plus habiles qui voudront prendre la peine de le rectifier, j'oſe le propoſer au public en gardant *l'incognito*. Heureux, ſi l'amour du bien public ou l'attrait de la nou-

veauté peuvent me faire trouver grace
auprès de quelques Lecteurs indulgens,
qui, en dédaignant l'ouvrage, excuse-
ront l'entreprise en faveur du motif qui
l'a suscitée , & du peu de prétention
de l'Auteur.

INTRODUCTION GÉNÉRALE.

L'unique moyen de détruire les abus &
les vexations dont gémiffent les habitans de
la ville de Paris, eft d'y établir une bonne
Admniniftration.

Pour obtenir cette bonne Adminiftration,
il faut que la ville de Paris s'adminiftre elle-
même, que fa police ne foit plus confiée à
un Miniftère étranger ; que fes intérêts ne
foient plus entre les mains des traitans : il
faut que fon Adminiftration foit gratuite &
honorable, que l'intérêt fordide en foit banni,
que le feul amour de la gloire & du bien
public, en faffe ambitionner les emplois que
l'eftime & la confiance publique les donne à
la vertu & au mérite éprouvé : il faut que
le nombre des Adminiftrateurs foit proportionné à l'immenfité de l'Admiuiftration, &
qu'ils foient répartis fur toute la furface, de
manière que les fecours qu'on a droit d'en
attendre foient prompts & faciles, & que rien
ne puiffe échapper à leur vigilance : il faut
que tous ceux qui contribuent aux charges,
& qui ont intérêt à la profpérité de la chofe

publique, aient part à l'Administration : enfin il faut que l'Administration de la ville embrasse tout ce qui peut l'intéteffer activement & paffivement.

Ces principes élémentaires font fi conflans qu'ils n'ont pas befoin de démonftration. Perfonne ne doute que l'œil du maître eft le plus clairvoyant, que chacun eft le plus propre & le plus intéreffé a bien gouverner fa chofe, qu'un feul homme, *étranger au Corps municipal*, eft inhabile & infuffifant pour fubvenir aux foins qu'exige la police d'une ville auffi étendue que celle de Paris, quelques vertus & quelques talens qu'on lui fuppofe, qu'il eft impoffible que toutes les parties de la police ne fouffrent pas de cette infuffifance, qu'il eft injufle que quatre ou cinq têtes difpofent, à leur arbitre & fantaifie des fonds de la commune fans l'avis & participation des habitans, qu'il eft tems enfin de rendre à un Corps municipal mieux organifé une Adminiftration que l'efprit burfal & l'ufurpation miniftérielle lui ont trop long-temps dérobée, & qui lui appartiennent auffi effentiellement que légitimement.

INTRODUCTION AU TITRE Ier.

De la compoſition du Corps municipal.

Le nom de Prévôt des Marchands déſignoit, dans l'origine., le Prévôt de Paris. On l'appeloit Prévôt des Marchands, parce qu'alors preſque tous les habitans de la ville de Paris faiſoient le commerce de la rivière, & s'appelloient vulgairement Marchands de Paris, *mercatores aquæ*. Les Echevins étoient pris alors dans la claſſe des Marchands, qui étoit lors la plus diſtinguée : mais aujourd'hui que la ville de Paris eſt devenue également le ſéjour des Ordres les plus diſtingués, que ces deux Ordres conſentent à s'unir & à s'incorporer au troiſième pour partager, dans une juſte proportion, le poids des charges & impoſitions, il convient de donner au Chef de l'Adminiſtration municipale un nom plus relevé, qui correſponde mieux à ſa dignité & à ſa généralité, & que ce nom de Prévôt des Marchands ſoit changé en celui de Maire que les autres villes du Royaume ont adopté. Il convient que cette place éminente, à laquelle eſt attachée la préſidence des trois

Ordres, foit déférée exclufivement à l'Ordre de la Nobleffe (les fonctions eccléfiaftiques ne permettant pas de la déférence à l'Ordre du Clergé,) afin de donner à l'Adminiftration plus de luftre & de crédit, de détourner les Grands d'une frivole ambition, & de les attacher, par un charme flatteur, aux intérêts de la Citée ; il convient que tous ceux qui partagent les charges, & qui ont un égal intérêt à l'Adminiftration en partagent les honneurs & les fonctions ; & que les Echevins & Quartiniers foient pris en proportion dans les trois Ordres de l'Etat ; il convient que les Prépofés à l'Adminiftration municipale foient de véritables mandataires choifis par tous les Membres de la Commune ; il convient que l'Adminiftration foit affujétie à une révolution périodique qui donne aux Adminiftrateurs le temps de s'inftruire & de mettre à profit leur inftruction, fans leur permettre de s'engourdir dans une molle habitude, qu'elle foit régénérée en partie tous les ans, en forte que le même efprit & la même règle de conduite s'y perpétuent à jamais, qu'elle brûle toujours d'une ferveur nouvelle, & qu'elle foit exempte de la corruption que l'inamovibilité entraîne néceffairement ; il convient que les Adminiftrateurs foient libres & dégagés des entraves qui pourroient gêner leurs fonctions, (c'eſt pour cela qu'on a cru devoir en exclure les Communaliſtes) ; il convient enfin, pour éviter le déſordre & la confuſion, de n'admettre au nombre des Electeurs que ceux qui ont un domicile fixe & permanent , & qui paient une certaine ſomme d'impoſition. C'eſt ſur ces baſes qu'on a tracé le nouveau Plan d'Adminiſtration municipale,

NOUVEAU PLAN

D'ADMINISTRATION

DE LA VILLE DE PARIS.

TITRE PREMIER.

De la compoſition du Corps municipal.

ARTICLE Ier.

LE Corps municipal ſera à l'avenir compoſé d'un Maire, douze Echevins, deux cent quatre-vingt-huit Quartiniers, un Procureur du Roi, (ou de la ville) un Avocat, deux Subſtituts, un Greffier en chef, deux commis Greffiers, & d'un nombre ſuffiſant d'huiſſiers & de poſtulans pour l'adminiſtration de la Juſtice diſtributive.

ART. II.

Le Maire, les Echevins, & les Quartiniers feront éligibles ſçavoir, le Maire dans l'Ordre

de la Nobleſſe excluſivement, (ou ſucceſſivement dans les trois Ordres), les Echevins
dans les trois Ordres , ſçavoir , trois dans
l'Ordre du Clergé, trois dans l'Ordre de la
Nobleſſe & ſix dans le Tier-ordre, les Quartiniers de même dans les trois Ordres & en
même raiſon.

A R T.   I I I.

La ville de Paris ſera diviſée géometrique-
ment ſur un nouveau plan en vingt-quatre
quartiers le plus également que faire ſe pourra. Les quartiers ſeront diſtingués par les
nombres ordinaux 1er. 2e. 3e., &c.

A R T.   I V.

Chaque quartier élira d'abord ſes Quartiniers dans une aſſemblée, qui ſe tiendra à cet
cet effet chaque année aux lieux, jours &
heures indiqués , de manière cependant que
deux quartiers ne ſoient point aſſemblés
le même jour.

A R T.   V.

Cette aſſemblée ſera annoncée dans les pa-
piers publics, huitaine auparavant & aux
prônes des Paroiſſes le dimanche précédent.

A R T. V I.

L'affemblée de quartier, fera divifée en trois chambres, celle du Clergé, celle de la Nobleffe, & celle du Tier-Ordre : chacune fera préfidée par le premier & plus ancien Quartinier.

A R T. V I I.

Chaque Chambre fera fon élection dans fon Ordre exclufivement.

A R T. V I I I.

Ne feront admis dans la Chambre du Clergé au nombre des Eligibles, que les Eccléfiaftiques non Communaliftes, qui auront un domicile en la Ville de Paris, & qui paieront . . . liv. d'impofition, dont ils feront tenus de juftifier en fe faifant infcrire chez le Quartinier du quartier de leur Ordre, un mois avant l'Affemblée. Pourront néanmoins les Communautés féculières & régulières députer un Electeur.

A R T. I X.

Ne feront admis dans la Chambre de la Nobleffe, au nombre des Eligibles & Electeurs, que ceux qui auront été réputés tels

ux Etats-généraux, qui seront domiciliés en
a ville de Paris, & qui y paieront au moins
... liv. d'impofition, dont ils feront tenus
de juftifier comme ci-deffus.

A r t. X.

Ne pourroient être admis dans la Chambre
du Tier - Ordre, au nombre des Eligibles
& Electeurs que ceux qui feront domiciliés
à Paris depuis ... ans, & qui paieront au
moins ... liv. d'impofition, ce dont ils feront tenus de juftifier comme deffus.

A r t. X I.

Chaque Chambre élira un ou plufieurs Secrétaires, qui rédigeront & figneront les procès-verbaux.

A r t. X I I,

Les fuffrages dans toutes les Chambres
feront donnés à voix hautes fur l'appel qui
fera fait par le Préfident de l'Affemblée de
tous ceux qui fe feront fait infcrire fur la
lifte du Quartinier, par ordre alphabétique,
& il en fera dreffé procès-verbal.

A r t. X I I I.

Ceux qui réuniront le plus grand nombre de fuffrages, feront proclamés, & après

eux ceux qui auront obtenu le plus de voix feront nommés (1) jufqu'au nombre de fix dans les deux premiers Ordres , & de douze dans le troifième.

A r t. X I V.

Celui qui aura été proclamé fera tenu de figner dans trois jours fon acceptation ; &, en cas de refus, ou à défaut d'acceptation dans ledit délai, celui qui aura eu le plus de voix après lui fera élu de droit, & fignera fon acceptation, ainfi de fuite.

A r t. X V.

Les procès-verbaux d'élection & acceptation, fignés du Préfident & du Secrétaire, feront dépofés au Greffe de la ville, dans le délai qui fera fixé.

A r t. X V I.

Les Echevins feront élus par tous les Echevins & Quartiniers anciens & en exercice, fans diftinction d'Ordres en l'Affemblée municipale qui fera tenue en l'Hôtel de ville, par le Maire, &, en fon abfence, par le premier & plus ancien Echevin en exercice.

______

(1) Afin qu'on n'ait pas befoin d'une nouvelle élection en cas de refus.

A r t. XVII.

Ne pourront lefdits Echevins être élus que parmi les Quartiniers anciens & en exercice ; & pourront, tous ceux qui auront été Quartiniers, être nommés Echevins, encore qu'ils ne foient point originaires de la Ville de Paris.

A r t. XVIII.

Les fuffrages feront donnés à voix hautes fur l'appel qui fera fait par le Préfident de l'Affemblée, de tous les Echevins & Quartiniers anciens & en exercice, par ordre d'ancienneté, fur le tableau qui en fera dreffé & expofé au Greffe de la ville.

A r t. XIX.

Les Echevins & Quartiniers en exercice auront la préférence, & donneront leur voix avant les anciens Echevins & Quartiniers.

A r t. XX.

Ceux qui réuniront le plus grand nombre de fuffrages feront proclamés ; & ceux qui, après eux, auront le plus grad nombre de voix, feront nommés, jufqu'au nombre de trois dans les deux premiers Ordres, & de fix dans le troifième.

Art. XXI.

Les acceptations, & remplacemens, se feront dans les mêmes délais & dans les mêmes formes prescrites par l'Art. XIV ci-dessus, & sera du tout dressé procès-verbaux qui seront signés du Président & du Greffier, & déposés au Greffe de la ville.

Art XXII.

L'élection du Maire se fera dans la même forme, par les Echevins & Quartiniers anciens & en exercice, sans qu'il soit besoin que celui qui sera élu ait été Quartinier ou Echevin, ni qu'il soit originaire de la ville de Paris.

Art. XXIII.

Celui qui aura réuni le plus grand nombre de suffrages sera proclamé; & ceux qui, après lui, auront eu le plus de voix, seront nommés jusqu'au nombre de trois, & il en sera dressé procès-verbal.

Art. XXIV.

Celui qui aura été proclamé sera tenu de de faire son acceptation dans trois jours, & à défaut, celui qui, après lui, aura le plus grand nombre de voix, sera élu de droit, & signera son acceptation, & ainsi de suite.

ART.

Art. XXV.

Le Maire nouvellement élu prêtera ferment en l'Assemblée municipale à l'Hôtel-de-ville, entre les mains du Maire en exercice qui l'inftallera.

Art. XXVI.

Les Echevins & Quartiniers nouvellement élus prêteront ferment entre les mains du Maire nouvellement reçu, & feront par lui inftallés.

Art. XXVII.

Les Procureur, Avocat, Subftituts, Greffiers, Huiffiers & Poftulans, feront élus dans la même forme, vaccance arrivant par le Maire, les Echevins & Quartiniers en exercice, prêteront ferment entre les mains du Maire, & feront par lui inftallés.

Art. XXVIII.

L'exercice de la Mairie fera de trois années confécutives, fans pouvoir être prorogée pour quelque caufe & confidération que ce puiffe être.

Art. XXIX.

Les Echevins refteront auffi en exercice

B

pendant trois années confécutives, fans proro-
gation, à l'effet de quoi il fera procédé chaque année à l'élection & nomination de quatre Echevins feulement, dans la proportion
ci-deffus dite, lefquels nouveaux Echevins
remplaceront fucceffivement chaque année les
quatre plus anciens fortant d'exercice.

Art. XXX.

Il en fera ufé de même à l'égard des
Quartiniers, de manière que chaque année
le tiers fortant d'exercice foit remplacé par le
tiers qui fera élu.

Art. XXXI.

Ne pourront lefdits Maire, Echevins &
Quartiniers, être révoqués avant l'expiration
defdites trois années, finon pour caufes infamantes ou prévarications dans leurs fonctions, lefquelles feront dénoncées & jugées
par les Maire, Echevins & Quartiniers en
exercice, compofant le Confeil ordinaire de
la ville, fauf l'appel au Parlement.

Art. XXXII.

Le Maire, en cas d'abfence, fera fubftitué
par le premier & plus ancien Echevin.

Art. XXXIII.

En cas de décès ou démission du Maire ant l'expiration desdites trois années, il sera alement substitué par le premier & le plus cien Echevin, jusqu'à la nouvelle nomition qui sera faite en la plus prochaine ssemblée générale, à l'époque ordinaire & coutumée.

Art. XXXIV.

Les Echevins ou Quartiniers, en cas de écès ou de démission seulement, seront remlacés à la même époque ordinaire & acoutumée dans l'Ordre où ils manqueroit.

Art. XXXV.

Les Procureur, Avocat, Substituts, Grefiers & Postulans feront à vie & indestituables, sinon pour causes infamantes ou prévariations qui seront dénoncées & jugées en la forme & manière ci-dessus prescrite par l'Art. XXXI.

Art. XXXVI.

Pour parvenir à l'exécution du plan de constitution ainsi projetté, il sera dans la première année d'abord procédé, à la diligence du Procureur du Roi de la ville, actuelle-

ment en exercice, à la confection du nou
veau plan géométrique de la ville de Paris
& à la division des vingt-quatre quartiers
conformément à l'Art. III ci-deſſus, par tel
géomètres qu'il plaira aux Prévôt des Mar
chands & Echevins actuellement en exercice
de commettre à cet effet, lequel plan, aprè
avoir été vérifié & approuvé par eux, ſer
dépoſé au Greffe de la ville, & en ſera dé
livré autant de planches ſignées & certifiée
par le Greffier de la ville, qu'il ſera néceſ
ſaire pour faciliter les opérations ci-deſſu
ordonnées.

Art. XXXVII.

Il ſera enſuite procédé, à la diligence d
Procureur de la ville, en vertu de l'Ordon
nance qui ſera rendue par le Gouverneur &
le Prévôt des Marchands & Echevins, à l'aſ
ſemblée de chaque quartier ſucceſſivement
aux lieux, jours & heures qui ſeront indi
qués pour cette fois par ladite Ordonnance
leſquelles Aſſemblées ſeront pour cette foi
préſidées, ſavoir, la Chambre du Clergé pa
l'Archevêque de Paris ou ſon délégué
la Chambre de la Nobleſſe, par le Gouver
neur de Paris, ou le plus âgé dans ledit Or
dre ; & la Chambre du Tiers par le Prévô

des Marchands, où l'un des Echevins en exercice; dans chacune defquelles Chambres **il**
fera d'abord procédé à l'élection d'un ou plufieurs Secrétaires, & enfuite à l'élection des
Quartiniers, au nombre & dans la forme ci-
deffus prefcrite.

Art. XXXVIII.

Tous ceux qui voudront avoir entrée &
voix délibérative dans lefdites Chambres, feront tenus de fe faire infcrire dans le tems
prefcrit par l'Art. VIII, favoir, les Eccléfiaftiques à l'Archevêché, les Nobles en l'Hôtel du Gouverneur, & ceux du Tiers ordre en
l'Hôtel de ville, & d'y faire les juftifications
prefcrites par les Articles VIII, IX & X,
à peine d'exclufion.

Art. XXXIX.

Il fera cette première année pourvu à l'é-
lection de douze Quartiniers dans chaque
quartier, dans la proportion ci-deffus établie
entre les trois Ordres, les quatre premiers
defquels fortiront d'exercice à l'expiration de
la première année, les quatre fuivans à l'expiration de la feconde année, & les quatre
autres à l'expiration de la troifième.

A r t. XL.

Lefdits Quartiniers élus la première année porteront ferment à l'Affemblée ordinaire de l'Hôtel-de-ville, entre les mains du Gouverneur, & feront par lui inftalés.

A r t. XL I.

Ils procederont de fuite avec les anciens Echevins & Quartiniers à la nomination de huit Echevins, favoir trois dans l'Ordre de la Nobleffe, & deux dans l'Ordre du Tiers, lefquels, pour cette fois, n'auront befoin d'avoir été Quartiniers. Les quatre Echevins alors en exercice feront de droit continués, & auront la préféance fur les deux nouveaux élus.

A r t. LXII.

Lefdits quatre Echevins continués fortiront d'exercice, favoir, les deux plus anciens à l'expiration de la première année, les deux autres à l'expiration de la feconde, & feront remplacés chaque année en la forme fufdite.

A r t. LXIII.

Les nouveaux Echevins prêteront ferment pour cette fois en l'Affemblée de l'Hôtel-de-Ville, entre les mains du Gouverneur, ou du Prévôt & feront par lui inftallés:

ART. LXIV.

Lefdits Echevins & Quartiniers procéderont enfuite en la même Affemblée, avec les anciens Echevins & Quartiniers, à l'élection du Maire en la forme ci-deffus prefcrite.

ART. LXV.

Le Maire prêtera ferment pour cette fois entre les mains du Gouverneur, ou Prévôt, & fera par lui inftallé.

ART. LXVI.

Il fera enfuite procédé par lefdits Maire, Echevins & Quartiniers en exercice, à l'élection des Procureur, Avocat, Subftituts & Greffiers & Poftulaus, en la forme ci-deffus prefcrite, lefquels prêteront ferment entre les mains du Maire, & feront par lui inftalés.

ART. LXVII.

Tous les Offices de l'Hôtel-de-ville feront & demeureront fupprimés, à compter du jour de l'inftallation des Officiers élus, & feront les finances rembourfées par la ville.

Art. LXVIII.

Ne seront attribués auxdits Maire, Echevins & Quartiniers aucuns gages & émolumens ; leur sera délivré seulement à titre de présent, à l'expiration des trois années, une modique somme pour les indemnifer des frais & dépenfes extraordinaires qu'ils auront été nécessités de faire relativement à leurs fonctions ; laquelle fomme fera arbitrée par le Conseil de la ville, fuivant les circonftances.

Art. LXIX.

Les Procureur, Avocat, Subftituts, Greffiers & Poftlans jouiront des émolumens qui leurs feront attribués par les Réglemens qui feront pour ce faits par le Confeil de ville.

Art. L.

Ne pourront lefdits Officiers municipaux être traduits & accufés pour raifon de leurs fonctions, en d'autre tribunal que celui de la ville, fauf l'appel comme dit eft.

Art. L I.

Seront traduits au même tribunal tous ceux qui feront accufés d'avoir troublé aucun defdits Officiers dans leurs fonctions, par paroles, menaces ou voies de fait, & punis févèrement fuivant l'exigence des cas, fauf l'appel en ladite Cour.

INTRODUCTION AU TITRE II.

Des objets d'Administration.

PRESQUE toute l'Administration de la ville de Paris est confiée aujourd'hui au Lieutenant de Police, sous l'inspection du Ministre de Paris ; le surplus est confié au Bureau de la ville, composé de cinq à six têtes, sous l'égide du Conseil de Sa Majesté : delà naissent les abus & les vexations (1).

Le Lieutenant de Police est étranger au Corps municipal ; il n'est ni son préposé ni son comptable. N'est-ce pas déjà un grand abus ?

Le Lieutenant de Police est chargé de la

______

(1) L'Auteur n'entend point inculper ici les Magistrats ni les Ministres qui sont en place , & qui jouissent à juste titre de l'estime & de la vénération publique ; mais ce n'est point l'honnête homme en place qu'il faut considérer quand on propose une régle d'Administration, c'est le prévaricateur qui peut se rencontrer après lui, contre lequel il faut se mettre en garde.

fûreté de Paris, qui feule occuperoit l'homme le plus actif, le plus habile, s'il s'en occupoit convenablement.

Il eft chargé de prefque tous les approvifionnnemens de la ville de Paris ; il a la police effentielle des bleds & farines, de la viande, du fuif, &c. ; lui feul fait les réglemens, les taxes ; lui feul eft chargé de les faire exécuter ; c'eft lui feul qui adjuge toutes les entreprifes de la ville de Paris ; le pavé, les boues, lanternes, &c. C'eft lui qui a la police des Corps & Communautés des Marchands & Artifans, & qui impofe leur capitation. On le furcharge encore d'une infinité de Commiffions extraordinaires du Confeil. Comment eft-il poffible qu'il fuffife à tout ? Il eft obligé fur tous ces objets de s'en remettre à des fuppôts mercénaires qui, confondans fous le même titre d'Officiers de Police la partie irritante & rigoureufe que néceffite la fûreté, avec la partie officieufe, d'adminiftration, font fans diftinction livrés au mépris, à la haine & à l'animadverfion du public prévenu, lorfque l'importance de leurs fonctions devroit leur concilier l'eftime & la bienveillance publique.

Il eft donc important d'abord de divifer en deux parties la Police, de laiffer au Lieutenant de Police ou au Lieutenant criminel du Châtelet, aux Commissaires & Inspec-teurs, la partie qu'on appelle la sûreté, & de rendre à l'Administration municipale toute la partie officieuse qui lui appartient & qui lui convient essentiellement. Mais il faut que cette Administration soit confiée à un Corps municipal bien constitué ; car il n'est pas moins absurde qu'une Administration si vaste & si importante soit confiée à cinq ou six personnes qui disposent à leur arbitre & vo-lonté de l'Etat & des fortunes des Citoyens, qui reglent les entreprises & les depenses publiques, & qui imposent des taxes pour remplir des projets extravagans (1).

Il faut, pour empêcher les inconvéniens qui peuvent résulter des accaparemens, de la durée des glaces & des grosses eaux, & maintenir le prix du pain en tous tems à

----

(1) Sans doute que si la ville de Paris eût été assem-blée & consultée, elle n'auroit pas adopté (sur-tout dans un tems de misère & de calamité), le projet in-sensé des murs & des forteresses autour de Paris, d'un pont sans utilité, qui n'a d'objet que la décoration d'une place, & autres qui constituent la ville dans une dépense incalculable.

un taux raisonnable que l'Administration municipale soit chargée de l'approvisionnement
des bleds & farines ; qu'elle ait des magasins & des provisions pour un tems, & qu'elle
ait des fonds à ce destinés.

Il faut que l'Administration municipale
soit chargée de la taxe du pain, & de la police des Boulangers.

On ne pourra pas soupçonner raisonna-
blement une Administration composée de
300 personnes d'élite, & qui se renouvel-
lera chaque année, de prendre part aux accaparemens, & de favoriser la fraude des
Boulangers, comme on en a souvent soup-
çonné (peut-être injustement) les Magistrats
de la Police & leurs suppôts. Soupçons toujours dangereux, quelqu'injustes qu'ils soient,
& capables de porter à la sédition.

Il convient que la même Administration
soit chargée de l'approvisionnement de la
viande ; qu'elle s'assure tous les ans d'une
quantité de bestiaux suffisante pour la subsistance de la ville de Paris, & au meilleur
prix possible ; que la caisse de Poissy (contre
laquelle on a si hautement déclamé, & à laquelle on a tant reproché aux Ministres &
aux suppôts de la Police d'être intéressés),
soit supprimée ; que le prix de la viande

ſoit taxé , & que les Bouchers ne puiſſent pas ſe jouer de cette taxe impunément.

Il convient également que l'approviſionnement des bois & charbons, des ſuifs & autres objets de néceſſité, ſoit confié à l'Adminiſtration municipale ; que la taxe & la police de ces objets ſoient faites par les Officiers municipaux.

Il convient également , pour éviter les inculpations ſcandaleuſes qu'on ne manque pas de faire aux Magiſtrats & aux ſuppots de la police d'être intéreſſés dans toutes les entrepriſes, & pour établir un meilleur ordre , que toutes les entrepriſes publiques , telles que celles du pavé , des boues, lanternes , &c., ſoient confiées à l'Adminiſtration municipale , ainſi que la police & exécution deſdites entrepriſes.

En vain le Lieutenant de Police rend-il des ordonnances ; en vain le Parlement déployet-il tout l'appareil de l'autorité ſouveraine, pour faire des réglemens. Aucuns ne ſont exécutés. Pourquoi ? Parce que leur éxécution eſt abandonnée à des agens mercénaires, qui ne ſont ardens que pour leurs propres intérêts.

Injuſtement veut-on aſſujettir les Boulangers & les Bouchers à une taxe, ſi on ne leur aſſure par la vente des bleds & des beſtiaux à un prix proportionné.

En vain taxe-t-on le pain, la viande, le
bois, &c., fi on n'infpecte pas journellement
les Boullangers, les Bouchers, les marchands
de bois, fi on n'a perfonne à qui on puiffe fe
plaindre fans difficulté, fans effuyer des bruf-
queries, ou fans qu'il en coûte.

Combien de murmures fe font élevés l'année dernière contre les Boullangers, les Bouchers, les marchands de bois, de ce que les
Boullangers ne donnoient pas au pain le poids
ou le dégré de cuiffon convenable, de ce que
les Bouchers furchargeoient de morceaux de
baffe boucherie, ceux qui ne vouloient pas
payer la viande au-deffus de la taxe, de ce que
les marchands de bois confondoient la même
pile, du bois tendre avec du bois dur, du
bois menu avec du bois gros, & du bois
court avec du bois de longueur requife. Combien à ton puni de Boulangers, de Bouchers, de Marchands de bois? Aucun ou prefque aucuns. Pourquoi? parce qu'on ne les a
point inpectés, parce qu'on n'a pas ofé fe
plaindre. Mais, dira-t-on, qui fera ces inf-
pections? Pourquoi ne fe plaint-on pas?
Les Magiftrats quitteront-ils leurs fonctions
importantes, pour courir chaque jour les
chantiers, les boutiques des Boullangers &
Bouchers? Non. Mais qu'ils confient cette Police aux Bourgeois eux-mêmes, à des Officiers

municipaux qui dans leur quartier, fans nuire à leurs affaires, par honneur & avec un entier défintéreffement, veilleront éxactement à cette partie effentielle de la Police, & accueilleront les plaignants.

Il en eft de même des autres objets de Police, dont on a parlé. Quel eft le particulier, qui ira rendre plainte chez un Commiffaire ou chez le Lieutenant de Police, de ce qu'on n'a point entretenu le pavé, levé les boues, allumé les lanternes de fon quartier? Qui ira entreprendre un procès au Confeil, parce que dans une voiture publique, par terre ou par eau, on lui aura fait payer une fomme exorbitante? Perfonne. Mais quand il ne s'agira que de s'adreffer à fon voifin, qui vérifira le délit fur le champ, & qui fur fon rapport fans forme de procès, fera punir le contrevenant, tout le monde demandera juftice, & tout le monde l'obtiendra promptement & fans frais.

N'eft-il pas convenable que l'adminiftration municipale ait le droit de grande & petite voirie, qu'elle donne les alignemens, qu'elle ait la Police des étalages & les amendes.

N'eft-il pas convenable que le Corps municipal foit confulté, & qu'il donne fon avis fur toutes les entreprifes publiques, & furtous les préviléges qui s'accordent dans la ville de Paris ?

N'eft-il pas convenable qu'il prenne part aux Adminiftrations des hôpitaux, maifons de charité, &c., auxquelles la ville paie des droits confidérables ?

N'eft-il pas convenable que l'Adminiftration municipale ait la police des Corps & Communautés des Marchands & Artifans ? A qui cette police convient-elle mieux qu'aux Prévôt des Marchands & Echevins ? A qui les profits fur ces corporations, fi aucuns font légitimés, appartiennent-ils davantage ? A qui la taxe des impofitions, fur lefdits Corps & Communautés, doit-elle être confiée ? Comment a-t-on pu la laiffer fi long-temps à la difcrétion ou indifcrétion du feul Lieutenant de Police ou de fon Prépofé.

Enfin n'eft-il pas convenable & avantageux tant pour l'Etat que pour la ville de Paris, qu'elle foit abandonnée à une fomme fixe, pour toutes contributions aux dettes & charges de l'Etat, qu'elle s'impofe elle-même, qu'elle faffe elle-même fes taxes, impofitions, levées & perceptions de la manière la plus jufte, la plus fimple & la moins difpendieufe.

C'eft fur ces bafes qu'eft fondé le titre fecond du Plan d'Adminiftration.

TITRE

TITRE SECOND.

Des objets d'Administration.

ARTICLE PREMIER.

L'ADMINISTRATION municipale comprendra tout ce qui concerne les approvisionnemens en tout genre, les entreprises & marchés, les établissemens & privilèges, la grande & petite Voierie, la police des Corps & Communautés, les taxes & impositions, & généralement tout ce qui tient à l'ordre public, excepté seulement la partie de la Police appellée *la sûrete*, qui sera réservée au Lieutenant de Police ou au Lieutenant Criminel du Châtelet, laquelle comprendra la Police des Eglises, des Spectacles, des lieux publics, des prisons, des jeux, des maisons & personnes prostituées, des hôtelleries, des enrollemens, les rixes, les attroupemens, &c.

ART. II.

Pour obvier aux inconvéniens qui pourroient résulter des accaparremens, de la durée des glaces, de la hauteur excessive des eaux, & maintenir le prix du pain en tout tems à un taux raisonnable, l'Administration municipale sera autorisée à établir dans la distance de sept lieues, & sur les rivieres, autant que faire se pourra, des magasins de bled & farines, qui renfermeront chaque cha-année une quantité de bled & farines suffisante pour la subsistance de Paris pendant deux ou trois mois, si faire se peut, de manière à pouvoir procurer l'abondance, ou au-moins à éviter la disette dans toutes les circonstances.

A r t. I I I.

Sera fait un fonds suffisant pour raison dudit établissement

A r t. I V.

Les proposés pour l'Administration municipale seront chargés de l'achat & conservation des grains, des moutures & transports & autres soins, d'après les ordres qu'ils recevront de l'Administration, moyennant un droit de commission qui leur sera alloué; ils empêcheront les accaparemens & amagasinemens dans la distance de dix lieues de la Capitale.

Art. V.

Ces préposés seront surveillés & contro-
lés par tels Echevins & Quartiniers qu'il
plaira à l'Administration de députer à cet
effet, toutefois & quand elle le jugera nécessaire.

Art. VI.

La taxe du pain sera faite chaque semaine
par l'Administration, eu égard au prix du
bled, & sera imprimée, publiée & affichée
tous les Dimanches aux portes de l'Hôtel-de-
Ville.

Art. VII.

Les Boulangers seront tenus de marquer
leurs pains, chacun d'une marque distinctive,
dont l'empreinte sera gravée sur le regiftre
du bureau de la ville, à côté du nom du
Boulanger, dont extraits font délivrés aux
Quartiniers de chaque quartier, afin qu'en
cas de contravention soit à raison du poids,
soit à raison du degré de cuisson, le délit
puisse être prouvé, & que le délinquant ne
puisse nier.

Art. VII.

Les Quartiniers seront autorisés à recevoir
sans frais les plaintes des habitans, & à se

trasporter même d'office , toutefois & quant bon leur semblera, chez les Boulangers, pour visiter & vérifier les contraventions, & sur le rapport qu'ils en feront au bureau de la ville , sans autre forme de procès, les Boulangers seront condamnés en une amende au profit de la ville pour la premiere fois, & en cas de recidive en telle peine qu'il appartiendra.

A r t. I X.

La Caisse de Poissy sera supprimée.

A r t. X.

L'entreprise de la fourniture de viande sur pied pour la ville de Paris sera adjugée tous les ans au mois de Septembre.

A r t. X I.

L'adjudication sera faite publiquement en l'Hôtel-de-Ville en la chambre & à l'issue de l'audience, au rabais & à l'extinction des feux.

A r t. X I I.

Ne seront admis à ladite adjudication que ceux qui auront justifié préalablement d'un cautionnement correspondant à-peu-près à la fourniture d'un mois.

Art. XII.

L'Adjudicataire se soumettra à fournir aux Bouchers de Paris pendant toute l'année la viande sur pied, savoir le bœuf à....., la vache à....., le veau à....., le mouton à....., le porc à.....

Art. XIV.

Sera tenu ledit Adjudicataire d'avoir en tout tems dans la banlieue de Paris la quantité de bestiaux nécessaire pour l'approvisionnement de deux marchés, sous peine de grosse amende.

Art. XV.

Les marchés & lieux destinés pour les approvisionnemens seront visités & inspectés par les Eschevins & Quartiniers qui seront députés à cet effet par l'Administration, toufois & quant elle le jugera à propos.

Art. XVI.

Sera en outre ledit Adjudicataire, tenu de justifier tous les trois mois au bureau de la ville des marchés & achats à livrer qu'il aura faits pour la fourniture des trois mois suivans.

Art. XVII.

Et à défaut par l'Adjudicataire de justifier desdits marchés, l'Administration sera
autorisée à se pourvoir aux risques de l'en-
trepreneur, pour que ladite fourniture soit
assurée.

Art. XVIII.

Sera fait défense aux Bouchers de la ville
de Paris & banlieu, de se pourvoir ailleurs
qu'aux lieux & marchés établis par ledit adjudicataire, & à toutes personnes d'introduire
dans ladite ville & banlieue de Paris aucun
troupeau de bœufs, vaches, vaux, moutons
& cochons, à peine d'amende & de confiscation.

Art. XIX.

La taxe de la viande au détail sera faite
tous les ans par l'Administration, à raison du
prix auquel elle sera livrée aux Bouchers,
& sera fait distinction dans ladite taxe de la
haute & basse boucherie.

Art. XX.

Les Bouchers seront tenus d'établir leurs
tueries hors de la ville, conformément aux
anciens réglemens.

A R T. X X I.

Sera fait défenſe auxdits Bouchers de tenir dans le même étal la haute & baſſe boucherie, à peine d'amende, & de plus grande peine en cas de recidive.

A R T. X X I I.

Seront établies des places & des étaux particuliers pour la vente de la baſſe boucherie.

A R T. X X I I I.

Sera réputé baſſe boucherie. . . . . .
. . . .

A R T. X X V I.

Les Quartiniers ſeront autoriſés à recevoir ſans frais les plaintes des habitans, & à ſe tranſporter même d'office, toutefois & quant bon leur ſemblera dans les maiſons & étaux des Bouchers pour les inſpecter & vérifier les contraventions, & ſur le rapport qu'ils en feront au bureau de la ville ſans autre forme de procès, les Bouchers ſeront condamnés en une amende au profit de la Ville, pour la première fois, & en cas de récidive en telle peine qu'il appartiendra.

A r t. X X V.

Sera pourvu par ladite Administration à
l'approvisionnement des bois, charbons, suifs
& autres objets de seconde nécessité, & seront les réglemens à ce sujet faits & exécutés par l'Administration, sous le bon plaisir
de la Cour de Parlement, & les amendes
feront prononcées au profit de la Ville.

A r t. X X V I.

Les Adjudications des entreprises du pavé,
des boues, laternes, arrosemens & autres,
feront faittes par l'Administration au rabais
dans la forme prescritte ci-dessus, & à la charge
de donner caution.

A r t. X X V I I I.

Seront les réglemens de Police concernant
lesdites entreprises faits & exécutés comme
dessus par ladite Administration, & les amendes prononcées au profit de la Ville.

A r t. X X V I I I.

La police des ponts, places & marchés,
appartiendra de même à ladite Administra-
on.

A L T. X X X I.

Aura ladite Adminiftration la grande &
petite voirie , dans toute l'étendue de la
ville de Paris, & fur les chemins y aboutif-
fans , jufqu'à la diftance de ..... lieues.

A R T. X X X.

Aucuns privilèges exclufifs ne pourront
être accordés, pour établiffements nouveaux
à faire dans la ville de Paris, qne de l'avis
& confentement de ladité Adminiftrations.

A R T. X X X I

Les fauve-gardes & privilèges des enclos
& lieux privilégiés feront abolis.

A R T. X X X I I.

Aura ladite Adminiftration, infpeĉtion fur les
Hôpitaux & établiffemens de charité, à l'effet
de quoi elle nommera des députés , foit pour
les vifiter, foit pour affifter aux comptes des
Adminiftrations particulières defdites maifons.

A R T. X X X I I I.

Sera autorifée , ladite Adminiftration , à
prendre communication, & à fe faire rendre

compte, par qui il appartiendra, des projets
d'établissement des quatre Hôpitaux pour la
ville de Paris, des plans, devis, marchés,
soumissions & contributions, si aucunes ont
été faites à cet égard.

A r t. X X X I V.

Sera pareillement autorisée ladite Administration à prendre communication de tous
les réglemens faits pour raison des murs de
Paris, & bâtimens en dépendans, pour sur
iceux faire telle représentation & prendre
telles délibérations qu'il appartiendra.

A r t. X X X V.

La Police des Corps & Communautés des
Marchands & artisans de la ville de Paris
appartiendra à ladite Administration.

A r t. X X X V I.

Les frais de jurande & maîtrise seront
supprimés ou réduits à une si modique somme
que tout habitant puisse facilement se faire
recevoir dans les Corps & Communautés qu'il
jugera à propos, en faisant preuve de pro-
bité & de capacité.

A r t. X X X V I I.

Sera fait défenses à tous Forains & non domiciliés ne participant point aux charges de la ville, d'entreprendre aucuns ouvrages, vendre ni débiter aucunes marchandises dans la ville de Paris, à peine d'amende & de confiscation.

A r t. X X X V I I I.

Sera la ville de Paris abonnée à une somme fixe pour toute contribution aux dettes & charges de l'Etat, laquelle sera provisoirement déterminée sur le produit net qui entre année commune dans les coffres de l'Etat, des levées & impositions de tout genre qui se font & perçoivent annuellement sur la ville de Paris, jusqu'à ce que la somme pour laquelle la ville de Paris doit contribuer auxdites dettes & charges en proportion des Provinces, ait été fixée & arrêtée pat les Etats-Généraux.

A r t. X X X I X.

Sera ladite Administration chargée d'aviser aux moyens de subvenir aux dettes & charges de l'Etat, & aux dettes & charges particufières de la ville de Paris, par les voies les plus fimples & les moins difpendieufes.

Art. XL.

Sera l'Adminiftration municipale autorifée à faire les taxes & répartitions de toutes levées & impofitions, foit foncières ou autres; dans une jufte proportion entre tous les domiciliés de la ville de Paris, fans aucuns privilèges ni exemptions quelconques.

Art. LXI.

Les contraintes faute de paiement defdites taxes & impofitions feront délivrées par ladite Adminiftration, & exécutées fommairement & par provifion, non obftant oppofition ou appellation, & fans y préjudicier.

Art. LXII.

Pourront les avertiffemens, commandemens, procès-verbaux d'établiffement de garnifon & de faifie éxecution, être faits & fignés par les Archers, Gardes, Huffiers de la ville, auxquels commiffions feront délivrées à cet effet.

Art. LIII.

Seront les frais defdits exploits taxés par ladite Adminiftration.

Art. XLIV.

Connoîtra ladite Adminiſtration, excluſivement à toute autre juriſdiction, en première inſtance & ſauf l'appel au Parlement, de toutes les conteſtations relatives à tout ce que deſſus; toutes leſquelles feront jugées ſommairement & ſans épices, & feront les Jugemens rendus par ladite Adminiſtration exécutés proviſoiſement, nonobſtant l'appel.

Art. XLVI.

Les droits & émolumens des Procureur, Avocat, Subſtituts, Greffiers, Poſtulans, feront taxés & tarifés par ladite Adminiſtration, &c., &c., &c., &c., &c., &c., &c., &c.